オール・アバウト・Z

川村毅

論創社

目次

オール・アバウト・Z

◉登場人物

X T R Q M K I B

1

Mがいる。

B、I、K、R、Tがマスクをして目を閉じ、お棺に横たわっているかのように立っている。Mだけがマスクをしていない。誰かと連絡を取っている様子。

M　聞こえますか？　こちらからの画像に問題はありませんか？　問題がないようでしたら応答してください。……受け取りました。ご覧の通りすでに瞑想中です。（立っている五人に）想起される言葉を口にしてください。

I　GOLEM‐20……。

M　はい。多くの十代の命を奪いました。

T　なぜですか？

M　そういう特性でした。三十年前。ウイルス蔓延の年。GOLEM‐20が猛威をふるった十月。

I　十四歳。夜の青い光。

R　十四歳。遠くにぼんやり見える透明の人生。

K　十四歳。森からやってきた鳥のさえずり。

B　十四歳。吃音症の茶色い世界地図。

T　十四歳。十四年間の極彩色のあきらめ。

M　お見事。覚醒してください。

B、I、K、R、Tは目を開ける。

R　マスクは外していいですか？

M　はい。今はもう大丈夫です。

五人はマスクを外す。

M　ではミーティングを始めます。すでにご承知の通り、このプロジェクトの目的は、この国における新たなカタチの模索と創出です。みなさんにはこれからあるパーティーの一員になっていただきます。パーティーといってもどんちゃん騒ぎのことではありません。政党の意味です。このパーティーにはまだ名前がありません。政策も持っていません。生み出すのはみなさんです。みなさんには人類の歴史がプログラミングされています。それを参考にして、今の時代そして未来、この国がどのように進んでいけばいいかを考えていただきます。質問はありますか？

B　なぜパーティーなのでしょうか？

M　政治におけるヴィジョンが喫緊の課題だと考えたのです。

B　わかりました。

M　他には？

I　私は誰なのでしょうか？

M　それぞれのプロフィールがプログラミングされていると思いますが。

I　簡単なプロフィールです。

M　あえてシンプルなものしか入力していません。情報が多いと、それに縛られて自由な発想が生まれないからです。

I　わかりました。

M　あとはいかがですか？

R　今のところありません。

K　ありません。

T　わからないことがあり過ぎて質問のしようがありません。

M　困りますか？

M　別段困ってはいません。

T　それではその都度質問してください。ではまず最初に、この国に今必要なことは何だと考えますか？

K　元気です。

B　国力です。

R　優秀なリーダーです。

T　多様性です。

I　創造性です。

M　では今のをもとに議論を始めてください。

I　不可能です。

M　なぜですか？

I　私たちには同じ情報がプログラミングされているので、議論にはなりません。

B　同意見です。

T　表情をください。

M　表情ですか。

T　このままですと、典型的なＡＩ的発想しか導かれません。

R　同意見です。優等生的見解というものです。

T　自分は誰なのでしょうか?

M　究極の問いです。人間はいつもその問いに悩んでいます。

T　人類の歴史だけでは不足だと思われます。

M　やはりもっと自分たちの情報が欲しいということですか?

T　そのようです。

R　そもそも私たちは初対面という認識でいいのでしょうか?

K　同じ疑問を持っています。初対面のはずなのですが、何か親近感を覚えます。

R　同意見です。どこかで会っているという気がしてなりません。

B　同意見です。

I　遠い昔に会っているような気がします。

T　同意見ですが、「遠い昔」だから「気がする」というのではありません。「遠い昔」がなんなのかがわかりません。

M　思い出せる記憶とは遠くても近いものです。

I　実は「気がする」というのがわかりません。

M　「気がする」というのは記憶を指します。

I　記憶ですか?　よくわかりません。私たちに記憶というものがあるのでしょうか?

M　プログラミングされています。思い出せないのは、はじめからないものと思い込んでいるからです。みなさんは今さっき、それぞれの言葉を想起させたではありませんか。

K　あれが記憶です。

I　あれ以上思い出せません。

R　同意見です。

B　同意見です。

T　同意見です。

M　なぜ十四歳という言葉が出てくるのかわかりません。

わかりました。情報の追加が必要だということですね。ではさらに記憶をプログラミングしましょう。もう一度マスクをつけてください。

五人、マスクをつける。

M　瞑想してください。

五人、目を閉じ、お棺のなかの態勢をとる。

M　何か像が浮かんだらそれを口にしてください。

I　机が見えます。
R　並べられた椅子が見えます。
T　窓が見えます。
B　黒板が見えます。
K　スノー・ボールが見えます。
M　お見事。みなさんは今同じ場所にいます。放課後の教室です。
K　……歌が聞こえてきました。
M　口にしてください。
K　（歌う）ハッピー・バース・デイ・トゥー・ユー。ハッピー・バース・デイ・ディア・Z。
M　（Zという言葉に）！
R　自然と言葉が出てきそうです。
I　私もです。
M　口にしてください。
R　おめでとう。
I　おめでとう、Z。
M　……。

T　おめでとう。
B　おおおおおお。
K　スノー・ボールを持っています。
M　続けてください。
B　（吃音症である）おおおめでとう、十四歳だね。これおおおおお誕生日プレゼント。みみみんなでスノー・ボールを作ったんだ。……記憶があふれ出てきます。
M　続けて。
K　どう？　スノー・ボール。雪のなかの地球。まともだったころの地球だよ。あたしたち、生まれた時から地球はこわれかけ。それからずっとこわれかけのまま。
M　みなさん、制御しないで。あふれ出るままに任せて。
T　ぼくたちはこれから特殊な人種になる世代だそうだ。なあZ？
R　誰が言ってんだよ？
T　世間だよ。マスク生活のせいで表情が乏しくて、人の表情を読み取るのが苦手。そういう人間になるのがぼくたちだそうです。
R　なるほどね。
I　言ってろよ。世間は信じられない。大人なんて信じるもんか。なにもしないし、なにもできない。

R　どんな大人も子供の頃は思っていたはずなんだ、なんとかしなきゃって。でも大人になるとそうはいかなくなるんだよ。うちの親を見てればわかる。生きていくのは大変なんだ。地球のことなんか考えてる暇ない。地球よりも今日の店の売上。

I　そんなこたあ、わかってるよ。うちもそうだしな。

K　お父さん、何のお店やってんの？

I　ママがママやってんだよ。

K　ママがママ？

I　スナックのママだよ。客来ないってのに、毎日店には行ってる。暗がりにじっと座ってんだ。怖くなるね。

R　父さんに言ってボトル入れさせるよ。

I　無理すんなよ。

R　夫婦ゲンカばっかでなあ。うちがいつも暗くてなあ。夜は父さんにいて欲しくないんだ。

B　はははは、働いてるだけまままましだ。ううちは、母さんは非正規でがんばってるけど、父さんはひきこもり。寝てばっか。

K　スナックって一度行ってみたーい。

I　おお。地主のおやじと来て大金落としてくれよ。

K　うちってみんなが思ってるほどお金持ちじゃないのよ。
I　ホントかね。
K　ホントだよ。
T　ぼくは運動に参加しようと思う。子供の運動家の言ってることはまともだよ。大人は勝手だよ。自分たちが生きてるあいださえよければいいと考えてる。やつらが起こした失敗をぼくたちが全部背負わなければならない。
R　そういうぼくたちも大人になるんだよ。
T　賢い大人になるんだよ。
R　大人になったら、おまえも日々何事もない生活を大事にするようになるんだよ。
T　父親みたいにはならないね。
B　いいいいいいうちじゃないか。ぜぜぜいたくだよ。うううちを見てみろよ。ふふふびょうどうだよ。
R　世の中最初から平等になんかできてやしないんだよ。
K　でも今ここであたしたち同じようにしているじゃない。
R　おまえ（K）のうちが土地やら金やら他人に分けるかよ。
K　分ける。あたしが大人になったら、あたし分ける。
I　ばーか、ばか、ばーか。

T　子供の夢物語はいやだなあ。

K　（泣く）あたし、地元のためにがんばるもん。夢を持とうよ。

I　（不意にしゃきっとして）私には未来の夢を見ることができません。まともな時代に生きたことがないから、どういう世の中がまともなのかわかりません。

T　だいたい夢を持てとか夢を語れとか、大人はうるさいよ。

R　確かに。ほっといてくれって言いたいな。

I　夢を持てなくなった大人に夢を抱けなんて言われたくねえよ。

T　どうせぼくたちは難民だからな。

K　難民？

T　国籍のある難民。ぼくたちは、国籍がありながらいつも国から見棄てられてる。難民のために未来を作らなきゃ。誰にも頼らずに。自分たちだけの力で。……なんだか、つまんないな。自分で言っててつまんなくなってきた。なあＺ、おまえは……（覚醒してマスクを外し）Ｚというのはどなたですか？

M　……夏休み明けに来た転校生です。すぐにまた転校していなくなります。

K　その子のお誕生会ということですね？

M　こちらのミスです。記憶のプログラミングからは外した存在です。

I　なぜですか？

M　さして重要人物ではないからです。みなさんには十四歳の十月の記憶だけがプログラミングされています。それがみなさんにとって重要な時だからです。
I　なぜですか？
M　いずれ自力で思い出します。みなさん自身の記憶ですから。

Qがくる。

Q　あら？
M　瞑想の最中です。
Q　失礼しました。続けてください。
M　みなさん、続けますか？
I　（マスクを外しつつ）私は大丈夫です。かなり自分がわかりました。
K　（マスクを外しつつ）私も大丈夫です。
R　（マスクを外しつつ）この瞑想はこれからのことに助かります。
B　（マスクをすでに外している）私は今も吃音でいるべきなのでしょうか？
M　いい質問です。お好きにどうぞ。
I　私は十四歳の私を消し去りたいです。

K　私もです。

B　私は吃音症を矯正したいです。

T　私は十四歳ですでに生き方のカタチを獲得していたように思えます。

R　私は半々です。

M　みなさん、記憶の活用の仕方については個々人ご自由に。

Q　作業を中断させてしまってまことに申し訳ありませんでした。わたくし、プロジェクト・マネージャーのQと申します。チーフ・マネージャーのMさんの補佐を務めます。よろしくお願いいたします。

M　では現在を再開させましょう。（五人を見回して）いいですね、みなさん表情を持ち始めてきました。いったん私は口をつぐみます。ここは早速みなさんで進行してください。

I　ではリーダーを決めましょう。

K　いきなりですか？

I　リーダーを決めないと物事が進みません。

R　それぞれの政策とポリシーをプレゼンしませんか？

B　プレゼンしてどうするんですか？

R　投票で決めるんです。

B　この人数でですか？
R　投票が公平でしょう？
B　納得できません。自分が考えていることが一番だと思ってプレゼンするんですから。
T　そもそも私はプレゼンできる政策もポリシーも持ち合わせていません。
K　私もありません。そういうのはリーダーを中心にして見つけだしていくんじゃないんですか？
I　ですから、まずリーダーを決めましょう。
B　そう言ってる君がもうリーダーのようですね。
I　リーダー気取りと言いたいのですか？
B　違います。
I　そうおっしゃるなら、私は黙ります。

　　五人、黙る。

M　（微かに笑い）みなさん、いいですよ。こういう事態も集団には起こりがちなことです。全員がお互いの顔色ばかりを窺って黙ってしまう。問題は何も解決されず、黙っているうちに事態は悪い方向に進んでいく。この国によくある光景です。みなさんは早くもそれを再現しました。お見事。

B　私がやります。

I　何をやるんですか？

B　私がリーダーを務めます。いかがですか？

R　待ってください。

B　反対ですか？

R　反対というわけではない。反対できるほどあなたを知らない。

B　知ってるはずです。私たちは十四歳という時期を共に過ごした間柄なんだから。私が吃音症だったからリーダーには相応しくないと言いたいのですか？

R　何を言ってるんだ。

T　吃音症だってリーダーになれる。

B　その通りだ。失礼ですよ、あなた。

R　ですからそんなことは言ってません。十四歳の頃知り合いだったとしても、よく知っているとは言えない。現にあなたはあの頃の自分とは違うと主張したいのでしょう？

B　はい。

R　だから私はあなたを知らないんです。反対も賛成もできないんです。

K　うーん。困りましたねえ。

R　困りました。
I　籤引きで決めるというのはどうですか？
B　籤引き？
K　いいですね。
T　グッド・アイディア。
R　賛成です。
B　運で決めるというんですか？
I　他にいい方法があるでしょうか。反対ですか？
B　仕方ありませんね。
M　お見事。早速従来あまり実行されない籤引きという方法が導き出されました。いいですね。みなさん、この調子です。Qさん、籤引きを準備してください。
Q　わかりました。（去る）
B　ちょっと待ってください。
I　反対ですか？
B　なぜ籤引きなのか、もっと説明が欲しい。
I　一般社会においてリーダーは多数決で決められます。しかし、一個の集団内での多数決は権力抗争、派閥争いを生み出します。出世争いの勝者、世渡り上手が果たして真のリーダーと呼べるだろうか。一方でしばしば無難な者がかつぎ上げられる場合もあります。可もなく不可もなく、敵もいなければ味方もいないといった存在をリーダーにして予定調和で物事を進めようというわけです。無能な善人の水面下では側近たちの激しい権力抗争が繰り広げられます。籤引きはそうした事態を回避するためです。私たちは今はそうしたケースとは異なる状況にいますが、いずれ有効な方法になると思えます。なぜならこれからお互い知っていくからです。

B　納得してしまいました。よく思いつきましたね。一体いつそんなことを考えたんですか?

I　わかりません。頭によぎったことを言葉にしただけです。

B　不思議ですね。

I　不思議といえば不思議です。

Qがナニヤラを持って戻ってくる。

Q　ソールトです。みなさん好きな色を頭に思い浮かべてください。

M　始めましょう。みなさん、思い浮かべてください。

五人　……。

Qが目をつむり、ナニヤラを指さす。

Q　あ。
T　(目を開き) グリーンです。イエローに近いグリーン。
B　君か?
T　当たってしまった。
R　おめでとう。
I　おめでとう。
K　お願いします。
M　決まりました。Tさんをパーティーのリーダーとします。

一同、拍手する。

M　ではここからの進行をQさんに引き継ぎます。プロジェクト・マネージャーとしての見守りは私とQさんと交替で行います。私たちは助言はしますが、意見を押しつけるようなことはしません。考えるのはあくまであなた方です。Qさん、よろしくお願い

Q　します。（去る）

T　さて、Tさん、どうしましょう。

I　パーティーの名称でも決めましょうか？

T　政策が決まらなければ名称を決められません。

B　それもそうですね。では、どうしましょう？　最初に何をしましょう？

R　頼りにならないな。

I　いきなりですから、仕方ないですよ。

Q　みんなで考えるしかないですね。

K　みなさん、考えましょう。

Q　Qちゃんと呼んでいいですか？

K　は。

Q　Qちゃんは駄目ですか？

K　大丈夫です。

Q　Qちゃん、あなた、ロボットですね？

K　はい。

Q　やっぱり。ロボットどうしはすぐにわかる。Qちゃん、私たちは誰なんです？

　さきほどのプログラミングだけではまだ不充分だと？

K　もっと情報が欲しいです。あれからどういう人生を送ったのか。
Q　あれからと言いますと、十四歳から先という意味ですか？
K　ええ。
Q　勝手なことをするとチーフに叱られます。
K　なんとか言ってください、リーダー。
T　……。（ぼんやりしている）
K　リーダー。
T　あ、私のことか。
K　リーダー、私の要望をQさんに進言してください。
T　反対意見がなければ、Qさん、お願いします。
Q　みなさん、どうなんですか？
I　私はもう充分ですが、反対はしません。
B　十四歳に戻るのは嫌です。
Q　ひとり反対が出ました。
B　いや、進めてください。嫌だけど知ることは重要かも知れない。
T　Rさんはどうですか？
R　どちらでもかまいません。

Q　ではもう一度瞑想を始めます。みなさん、いいんですね？　本当にいいんですね？
I　しかし、さらにプログラミングを加えるというのはどうなんでしょうか？　さきほどMさんがおっしゃられたように、情報量の多さは自由な発想を阻むのではないでしょうか？
Q　その通りです。しかし、これからやろうとする瞑想はプログラミングとは別物です。記憶を加えるのではなく、あなた方にプログラミングされたものを呼び起こすという瞑想になります。
I　わかりました。
K　始めてください。
Q　後で知らなきゃよかったというのはなしですよ。リーダー、いいんですね？
T　やってください。
Q　では、後でチーフに叱られる私をみなさん、じっくり慮ってマスクの着用をお願いします。
B　いちいちマスクというのが面倒ですね。
Q　仕方ありません。そういう時代だったのです。
B　さっきの瞑想ではひどく暑かった。
Q　暑さがぶり返した十月だったんです。

Q以外、全員が同じマスクをつけて、目を閉じ、お棺の態勢をとる。

Q　何か見えてきたら口にしてください。

R　見えます。

Q　……何が見えますか？

R　緑です。木々の葉がゆっくり揺れています。空気の音がします。

I　錆色です。階段の手摺りです。錆色というのはいつもなつかしい感じがします。急な斜面。その先に公園があります。

K　モノクロです。塗料がはげた遊具。恐らくパンダでしょう。得体の知れない動物にしか見えませんが。

T　沈んだ青です。広い空。もうすぐ夕暮れがやってくるようです。

B　灰色です。小さな公衆トイレが建っている。なぜ公園の公衆トイレというのはうら悲しいのでしょう。

Q　けっこうです。あの日です。わかりますか？　あの日です。あの日は美しい晴れの日でした。

B　（急に吃音症になり）みみみみみみみみ……

I　みんな来たんだ。

B　ああ。ももも、もううちにこもってるのには、ううう、うんざりだよ。

R　これは不要不急の外出じゃない。少しは遊ばないと頭がおかしくなってくる。

K　こっそり出て来たの。どういう用事？　早くしよう。

Q　みんなで思いっきり外の空気を吸おうと考えました。

I　それだけか？

Q　この高台からは町が見渡せます。みんなで眺めたとしたらさぞ楽しいだろうと考えました。

五人はほとんど目を開けて、独自に動く。

K　ほんと。いい眺め。駅前が全部見渡せる。

T　人がいないな。

I　ロックダウン中だからな。

T　古ぼけた建物。それを縫う何本もの路地。まるで人体だ。内臓と血管。行き交う人間は流れる血液。それが今は止まってるんだ。

R　ごちゃごちゃした町だよ。小汚い飲み屋が並んで、細い道がくねくね。

I　小汚い飲み屋で悪かったな。うちのスナックはあそこだよ。（指さす）

R　父さんがよく行く居酒屋はあそこだ（指さす）。飲ん兵衛たちのパラダイス。裏メニューのトルコライスが絶品なんだってさ。

K　（指さす）あのお豆腐屋さんの厚揚げおいしいよ。

B　（指さす）ああああ、あそこのパパパパチンコ屋、よくたたた玉出る。

I　おまえパチンコ屋行ってんのか。生意気だな。

B　ひひ、ひとりでできるから。

R　こいつが言ってるのは駄菓子屋の前にあるおもちゃのパチンコだよ。隣の焼き鳥屋の焼き鳥は世界一だな。店の前をうろうろしてると、必ず一串くれるおっさんがいるんだ。

I　知ってる。その人、スナックの常連。なにやってるのか誰も知らない謎のおっさん。

K　こんな人のいない町って初めて見る。

B　ぼぼぼぼ、ぼくは好きだ。ご、ごちゃごちゃしてて好きだ。

R　人出が戻れば、もっとごちゃごちゃする。いいよなあ、ごちゃごちゃ。

I　騒いでいても誰も叱らないもんね。

T　いいなあ。

R　おまえも来て遊べばいいんだよ。

T　遊びたいけど、親が行くなっていうんだ。勤め人の家なんてつまらないもんだよ。憧れだよ、ごちゃごちゃの町。

I　こっそり来ればいいんだよ。誰でも受け入れるごちゃごちゃだよ。

B　ご、ごちゃごちゃバンザイ。

R　ごちゃごちゃよ永遠に。

T　なくならないよ。人間がごちゃごちゃなんだから。

K　早くまたみんなで路地を歩き回りたいねえ。（Rに）おっさんが焼き鳥くれる焼き鳥屋さん教えてね。

R　やだね。

K　来月はもうだいじょぶだよね？

I　お嬢ちゃんの言うことだよ。（Rに）な、飲食店。

R　倒産間近。ちきしょう。なんでこんな時代に生まれたんだ。（マスクを外す）

K　あら、取っちゃった。

T　なんだかうっとうしくなってきた。（マスクを外す）

B　ぼぼぼ、ぼくも。暑い。（マスクを外す）

I　（マスクを外し）おとなしく従って、いたいけなおれたち。（見回して）みんな、こういう顔だったんだ！

R　みんな、久しぶり！

T　目しか見えないって怖いよな。でもマスクを取られても安心できない。人の顔が怖い。そういう大人になるんだ、おれたち。

K　（マスクを外し）夕日が沈んでいく。キレイ。初めて見るみたいにキレイ。

五人が同じ方向を見る。

Q　もうすぐ瞑想が終わります。みなさん、お互いの顔をよく見ておいてください。これが最後です。これから先の記憶はみなさんにはありませんので。

五人、その言葉で現在に戻された様子。

B　どういうことですか？

Q　十四歳から先の記憶はありません。なぜなら、みなさんはこれから死んでしまうからです。

R　感染でですか？

Q　そうです。

T　……なるほど。

K　……そういうことだったのか。

B　そういうことだ。

R　なんてこった。

I　あなたは高台に私たちといたんですね？

Q　いました。あなた方を集めたのは私です。大変後悔しています。

K　Qちゃんを作ったのは誰ですか？

Q　十四歳のあなた方です。

K　私たち！

Q　もっともあの時は今のような美しい顔かたちは持っていませんでした。

I　あなたのストーリーを聞かせてください。

Q　私のストーリーはこのプロジェクトとは無関係です。

R　しかし私たちの記憶と無関係ではない。

Q　叱られます。

I　あなたのストーリーはプロジェクトを進めるのに有益です。

K　聞かせて、Qちゃん。

T　要望の声が多数寄せられています。

Ｑ　わかりました。では話しますか？　本当に話しますか？
Ｔ　ですから聞かせてください。
Ｑ　では聞かせますよ。本当に聞かせますよ。
Ｔ　ですからどうぞ。
Ｑ　「ヒト型ロボットを作ろう」というＡＩプログラミングの授業がありました。その授業であなた方に作られたヒト型ロボットが私です。外観は金属の箱型で顔は典型的なロボット面。会話も少ししかできないポンコツでしたが、あなた方はたいそう喜びました。しかしそうした楽しい日々もつかの間のこと、ＧＯＬＥＭ－20の蔓延が始まったのです。学校は閉鎖され、私は教室の片隅に放置されました。新型モデルのロボットが次々に製造され、時代遅れになった私は旧式の研究資料として研究所の資料室に入れられました。ある日資料室のドアを開けたひとりが私をじっと見つめました。それがＭさんとの出会いでした。Ｍさんは最新鋭のＡＩを搭載した試作品のためのベースとして私を推薦し、新たにバージョンアップされた私が今あなた方と再会しているのです。終わります。

一同、拍手を送る。

R　とても有意義なストーリーをありがとうございました。
I　偶然ではないということですね。私たちがここにこうしているということは。
Q　はい。
R　誰が集めたんですか？
Q　Mさんです。
I　集められたというより、私たちはこのために生まれたんですね？
Q　その通りです。
T　みなさん、私たちは是非ともこのプロジェクトを成功させましょう。
Q　リーダーらしくなってきましたね。
T　がんばってみました。今日はこれぐらいにして、みなさん休みませんか？
B　なぜですか？
T　夜になったからです。
B　私たちに睡眠は不要でしょう。
T　そうですが、ここはひとつ人間らしく振る舞いましょう。

五人が去り、Qだけが残る。Mがくる。

Q　申し訳ありませんでした。
M　何事もなく済んだのでよしとしましょう。
Q　大事にはならないと推測はできました。いずれにしても、私たちはロボットですから。
M　……（連絡を取る様子）御覧の通りです。パーティーを開始しました。異論があったら言ってください。

2

Tがいる。Iがくる。

I　よく休めましたか？
T　夢を見ました。実は夢を見たのは初めてです。驚きましたよ、実人生の重みがありましたからね。夢で人生を形成しました。
I　あら。
T　「あら」というのは、どういう意味ですか？
I　私も初めて夢を見ました。
T　へー。

I　「へー」というのは、どういう意味ですか？

T　もうとっくに経験済みかと思いました。

I　あなたと同じです。十四歳の一時期という記憶をプログラミングされたからでしょう。夢のなかで、あったかも知れないそれ以後の人生を埋めだしたんです。

T　なるほど。私は公務員の一人息子でした。あなたほど生活には困らなかったが……。

I　私は困っているとは感じませんでした。

T　失礼。

I　貧困には強かったんです。でも母親の存在が強すぎて。母娘ふたりの生活はけっこう煮詰まるんです。私は水商売が嫌で外交官を目指しました。母は私を応援するように見せかけて邪魔するんです。悪気がないというわけではない、悪気で邪魔するんです。重要な局面に必ず現れてぶち壊すんです。私が自分のもとから旅立ってしまうのを恐れていたんです。

T　かなり人生を埋めましたね。

I　最初に光があった。

T　はい？

I　初めて世界に触れた時のことです。眩しすぎて何も見えなかった。世界は光だけで成り立っているのだと思った。それから徐々にモノのカタチが見えだして、次に生物の

T 体温を感じ始めた。自分はロボットだという意識が生まれて人生を送ってきましたが、記憶を埋め込まれたのは初めてです。
I 私も同じです。
T 嗅覚はありますか？
I まだです。
T 私もまだです。
I アップデートされないまま廃棄ということもあり得ます。
T ええ。いずれにしても私たちは苦しむことになるでしょう。記憶を持って夢を見てしまったんですから。

T 苦しみというやつが、まだいまいちピンときません。
I 苦しみにカタチはないようです。まだまだ人生というものがわかりません。
T 私たちの生活は人生と呼べるものなのでしょうか？
I 私たちが見る夢に価値があるとすれば、それもまた人生なのではないでしょうか。
T 夢のなかで成人になった私は小説家になっていました。ロボゾン小説です。
I ロボゾン？
T ロボット・ゾンビです。それがスマッシュ・ヒットを飛ばしたところで夢は終わりました。

I　幸せな夢ですね。

T　その先はまだわからない。

I　私のほうは外交官試験には失敗しましたが、とてもいい会社に就職することができました。とてもいい会社とは、大きくはないものの、人間関係、雇用条件が良好という意味です。そこで私は総務を仕切らせてもらっています。

T　いいですね。

I　たぶんあなたのロボゾン小説も読んでいると思います。

T　どうでしたか?

I　忘れました。

R、K、Bがくる。

R　おはようございます。

I　おはようございます。こちらはロボゾン小説を書いてらっしゃるTさんです。

T　おはようございます。こちらは総務の課長のIさんです。

R　広告代理店に勤務するRです。

K　おはようございます。不動産業をしているKです。

B　Bです。無職です。
T　あなた方も夢で人生を生きだしてるんですね。
B　はい。職を転々としています。今はプロの格闘家になろうとしています。
R　不動産業というと実家のお仕事を継いだんですね。
K　はい。そういうことのようです。離婚を経験しているようです。土地財産目当ての男にうんざりしました。もう他人は信じません。あなたのロボゾン小説大好きです。
T　読んでくれてるんだ。
K　シリーズほとんど読んでいます。
T　書き続けるんだ。どうなんでしょう、順調にいくんですか？
K　三作目あたりから明らかにマンネリになります。
T　やっぱり。
R　みなさんそれぞれの人生を送っていますね。
T　あなたはどうですか？
R　広告代理店ですか？　ずっと憧れの職場でしたからね。自信がないのに自信満々の素振りで高給をもらっています。自分たちは世界の中心にいるという根拠のない自信で競争に勤しんでいます。
T　活動的ですね。

R　この国を本当に引っ張っているのは、政府でも官僚でもなく、我々代理店かも知れません。
I　すごい自信ですね。
R　ですから根拠のない自信なんです。根拠がないから強いのだと思います。
B　私のような社会の底辺にいる者からすると、許せない存在です。
R　底辺にいるんですか?
B　コンビニで働いて格闘技ジムに通っています。
R　それのどこが底辺なんですか?
B　あなたのような人を目の当たりにすると、底辺を感じます。
R　毎日が決して楽しくはないと?
B　夢のなかで、チャンピオンになる夢を抱いてサンドバッグを蹴っています。
R　あなたのような人を目の当たりにすると、自分を虚しく感じます。底辺を感じるのと、虚しさを感じるのと、どちらが辛いのだろう。
I　夢でさらに人生を進めないと回答は出ません。
R　そういうことですね。
B　そういうことだ。
T　さて早速始めましょうか。今の私たちはとてもよかったですね。会議の前の軽い雑談を自然とこなしました。なんというか、実に人間っぽい。

I　自画自賛というやつですね。

T　はい。では始めます。わがパーティーの政策に関してです。思いついた政策を挙げていただきたい。理念でもけっこうです。

I　所得倍増。経済再生。

T　この三十年間言い続けられていることですね。

I　回復を確認された時期もありましたが、常に不安定です。天国と地獄の距離は一ミリ以下です。だから常に万全の態勢で経済再生をうたっていなければならない。

K　気候変動への対処。

T　この三十年間言い続けられていることですね。人類はこの間けっこうがんばったと思いますが。

K　ぎりぎりのところです。天国と地獄の距離は一ミリ以下です。延命装置を外されたら終わりです。

R　延命装置とは？

K　クール・アース、クリーン・アースを言い続けて実現していくことです。

B　外交・安全保障。軍備のさらなる増強です。

I　まだ増強するんですか？

B　やっと軍隊を持てたんですから、さらなる安全保障のために増強が必要です。

T　核保有を提言しますか？

B　そこまでは不可能です。

T　今の言い方は「可能ならば」というふうに聞こえますが。

B　おっしゃる通りです。もはや世界はお人よしの国をお人よしだとして特別扱いはしません。お人よしの間抜けさにつけこむ国もいれば、呆れ返って同盟関係を解消する国もあります。言い方を変えれば、お人よしでいるためにしっかりとした軍備が必要です。

I　福祉の充実に予算を回すほうが理に適っています。殺し合いの想定でお金を使うより、生きるためにお金を使うほうがまっとうです。

B　殺し合いのためではありません。生きるためには国土を守らなければなりません。

T　他の方はどう思いますか？

K　回答不能です。どちらも不正解ではないからです。

R　プログラミングされた情報の確率から割り出すと、防衛のための軍備が正解です。しかし、未来に何が起こるのか誰も予測はできません。だから、どちらも正しいかも知れないという結論しか出ません。

T　……なんだかつまらなくなってきたな。

そのTのつぶやきに全員が当惑したように黙ってしまう。

T　(空気に気づいて)いや、失礼。続けましょう。今の議論はひとまず置いて……

R　「ひとまず置いて」とはどういうことですか? 明日再開するということですか? 主張を裏付けする具体的な資料を提示して欲しいということですか?

T　そういうことを言いたいわけではありません。わかりました。では今の議論を続けましょう。

I　いえ、私はいいです。

B　私もいいです。先にいきましょう。

T　では、他に何かありますか?

R　原子力エネルギーの再考です。

T　「さいこう」というのは「再び興す」の意味の再興ですか?

R　違います。人類史によると、人類はとどのつまり原子力エネルギーに頼らざるを得なかったとなっています。太陽光も洋上風力もうまく機能しなかったということです。経済の活性化にやはり原子力エネルギーは不可欠だった。それを認めざるを得なくなって反対の声は鎮静していった。

しかし、本当にそれでいいのかどうかを、今一度考え直す、「再び考える」の意味での再考を今こそ政策の理念にするべきということです。なぜなら、気候変動への対策によって、かろうじて地球の破滅はぎりぎり回避できているものの、それでも大地震が起こるパーセンテージは高いままだからです。

K　地震が多発するこの国にとって原子力発電は現実的と言えるでしょうか？

R　地震への備えと経済活力と、どちらを優先するのが現実的かということです。国はこの三十年のあいだに経済のほうを選んだということです。

I　あなたのお考えは？

R　どちらとも言えないので再考が必要だと言いたいのです。

T　それでそのことについて議論するんですか？

R　はい。恐らく解決策は簡単には出ないでしょうが。

T　他にも挙げようとすれば政策議題はいくらでもあります。こういうことを延々と続けるんでしょうか？

R　すべての問題を政策とするのは不可能です。リーダーであるあなたが絞ってまとめることになります。それが恐らくリーダーの役目でしょうから。他に方法があるんだったら教えてください。

T　思いつきません。私が言いたいのは、今我々がやっているのは、ひどく非生産的な光景だなと。
B　同感してしまいますね。
R　それではパーティーの設立の意味がありません。
T　……。

Mがくる。

M　調子はいかがですか、みなさん。
I　早くも挫折したようです。
M　は？
B　リーダーが白旗を上げました。
M　おやおや。
T　五人というのはパーティーとして弱小過ぎませんか？
M　少数からの出発というのは珍しくはありません。
T　ここで意見を出し合って政策を決定して、どうするんですか？
M　どうするのでしょう？　どう思いますか？
I　賛同者を募ってパーティーを大きくして政策を実行するんです。

T　それがカタチですか？

I　それで初めてカタチになります。

T　一体何年かかると思うんですか？　政策を実行するのなら選挙に出て国会の議席数を増やし権力を持たなければならない。つまり我々は今政治家というわけだ。そうなんですか？

M　違います。パーティーのシミュレーションによって新たな発想を生み出すのです。

T　つまり政策研究集団ということですか？

M　そういう側面はあります。

T　正直言って私はあっと言う間にむなしくなりました。私たちがやっていることは既成政党の政策議論と何も変わりがないのではないかと。

M　よくわかります。

T　よくわかりますって他人事みたいにおっしゃいますが……

M　この国のカタチを考えるにあたり、なにも現行のシステムを自明として考えなくてもいいじゃありませんか。

T　あなたは現在の資本主義を自明としない意味でのカタチをおっしゃっている？

M　はい。

T　ヒエー。こりゃ大変だ。

I 共産主義というオルタナティブもあり得ると？

M 共産主義というと過去の遺物みたいな響きなのでコミュニズムと呼びましょう。

B まったく、いつも英語にすりゃ新しくなると思ってる。

M はい。この国が得意とする遣り口を踏襲しています。共産主義という言葉自体にアレルギーを起こす人も少なくありませんので。

K さっぱりわかりません。コミュニズムとは何ですか？

M （静かに微笑みつつ）自分で考えろ。

I コミュニズムとはつまるところ富の平等分配です。個々が労働して得た富を国民に平等に分配する社会システムです。コミュニズムを理論通りに実現させた国家はありません。ですからある意味ファンタジーです。

T ファンタジーと決めつけていますが、コミュニズムの前身である社会主義を実現させている国はあるでしょう？

M 社会主義はソシアリズムと呼びましょう。

T 失礼。ですから一概にファンタジーとは呼べないのではないでしょうか。

I ソシアリズムを全体主義に置き換えているから実現できてるんです。平等は統治です。

T つまり、我々がここでコミュニズムの可能性を考えるならば、現ソシアリズム国家とは一線を画した真のコミュニズムを求めると。

I　当たり前でしょう。自由がなくなるだけです。

B　君たち、そんなことをどこで学習したんだ？

I　学習した覚えはありません。口が勝手に動くのです。

T　同じです。

B　不思議だ。

K　どちらにしても、困ります。祖父の代から守り抜いた不動産を他人様にやるなんて考えられません。みなさん、私のことを親の遺産でウハウハの悠々自適みたいに陰口叩きますが、引き継いで維持するというのは想像以上に大変なんです。それなりの能力が必要とされる事業なんです。血が滲むようなことでもあるんです。それをいまさらソシアル・ダンスだかなんだかんだと言われて、働きもせずにそこいらで寝っ転がってるグータラになんで不動産を分け与えてやらなければならないんですか。

I　あなた、育ちがいいんだか悪いんだかわからないですね。

K　ちょっと金持ってる人間ってのは適度に柄が悪いもんです。とにかく私には家族も頼る人もおらず、親から引き継いだ土地、不動産だけが頼りなんです。それを奪わないでください。

R　グータラの立場からいかがですか、Bさん。

B　なんでグータラって決めつけるんだ。無職だからか？　無職はグータラなのか、差別

T　だぞ、てめえ。

K　「てめえ」だってさ。地が出たね。

T　真のグータラですね。コミュニズムは真のグータラを甘やかすだけです。

B　正しい。マルクスの書いたルンペン・プロレタリアートというのはグータラのことだ。おい、てめえら、人のことルンペンだグータラだっていい加減にしろよ。おれはこれからのし上がってぼろ儲けしようって肚《はら》なんだからな、コミュニズムに変なお節介されたくないね。ありがた迷惑ってもんだよ。

I　コミュニズムは本来グータラを救済するものではありません。

T　ですが、そういう側面もあります。

B　自分の力で金を稼ぐって夢を奪うのがコミュニズムだ。人のやる気と社会の活力をなくすのがコミュニズムだ。ん？　不思議だ。おれも学習してるな。とにかくだ、コミュニズムは成り上がりドリームを潰すだけだ。

R　一概には言えません。現在、ソシアリズム国家は下手をすれば資本主義国家より活力に満ちています。

I　全体主義だからです。

T　ソシアリズム国家はちゃっかり資本主義を利用している。それに全体主義が加わるのだから、一部の層の富は莫大なものになります。反対に私たちの資本主義国はすでに

K　ある部分ソシアリズムを導入している。資本主義というのは柔らかくてしたたかです。何もかもを受け入れて吸収してしまう、スポンジのようなものです。ですから今のカタチが崩れることはそうそうはないでしょう。

T　それを聞いて安心しました。

K　コミュニズムの原理主義者は反対するでしょうが。

T　どういう方々ですか?

B　富みの再分配を徹底させて、自由競争と私有財産を撤廃しようという人たちです。
コミュニズム原理主義の方はここにいるんですか?　いるなら今名乗り出てください。

Tがおずおず手を挙げる。

B　おー、出たあ。

T　半々です。かつて熱中した時期があると告げておきたいまでです。因に私は公務員の息子です。薄給で地味な家だったが、生活は安定していた。そういうのに限ってコミュニズムに入れあげたりするんです。入り口はアナキズムで、これでは現実的ではないとしてコミュニズムに向かった。そうやって熱中していくのは生活に余裕のある人間です。日々苦しい人間にそんな暇はない。

R　よく理解できます。うちの父親がソシアリズム、コミュニズムに興味を持ったことはありませんでした。

T　私は原理主義者というわけではありません。

I　感慨深い思いがあります。人類は三十年のあいだ、まだ資本主義対コミュニズムの対立から抜け出すことができなかったのです。

M　新しいカタチはないのでしょうか？

B　そこで提案がひとつ。

M　どうぞ。

B　パーティーはやめませんかね。

M　この集まりの設定のことですね。

T　賛成です。パーティーに未来はない。

M　パーティーに未来はない。言い切ってしまっていいのですね、みなさん？

T　この国を見棄てるという意味ではありません。しかし、このまま進めてもどん詰まり感が否めません。私はリーダーを降りたい。

B　カンパニーにしましょう。カンパニーの活動からこの国のカタチを見つけるというのはどうでしょう？

K　反対ではありません。

R　資本主義をカタチのベースとするなら、その流れは真っ当かも知れない。
T　そうは思いません。ソシアリズム、コミュニズムの新しい可能性を見つけることになるかも知れません。
B　私はそうなって欲しくありません。
T　そうですか。
B　はい。
I　新しいリーダーを決めましょう。
M　ほう。そういうことになりますか。これもお見事と言えばお見事。パーティーは見事に挫折ということですか。
I　パーティーにこだわりますね。
M　(Iの言葉を明らかに無視して) 籤の用意ならできています。みなさん、籤引きで異存ないですね?

五人はうなずく。M、いったん去ってソールトを持って戻ってくる。

五人　(色を思い浮かべる) ……。
M　(目を閉じてソールトを指し) これです。レッド。パープルに近いレッド。

B　（舌打ちする）
M　レッドはどなたでしょう？
R　……私です。
B　代理店かっ。
T　Rさん、よろしくお願いします。
K　がんばってください。
M　Rさん、あなたがカンパニーのCEOです。ご自分の思う通りに采配してください。
I　待ってください。合議制でいくのかワンマン経営でいくのか。まずそのことについて話し合わなければいけません。
R　手続きが面倒だ。降ります。
I　え。
R　ある時はみなさんの意見を聞くだろうし、ある時は、つまり即断を必要とされる時は自分で決めます。どちらにするか状況を見極めて経営していくのがCEOなのではありませんか？　最初から采配をルール化されるというならば、降ります。
I　わかりました。最初から細かいことを指摘するのは控えます。好きな通りに経営してください。私の意見はこうです。みなさんは？
T　いいです。

K　同意します。
B　わかりました。
M　みなさん、お見事。

一同、拍手する。

M　さて、ここにひとつのカンパニーが誕生しました。これは何をする、何を売るカンパニーなのでしょうか？
I　やはり、ここでは話し合いです。
R　明日にしませんか？　いきなりのことですので、夢のなかで頭を整理したいです。
T　休みませんか？　もう夜ですので。
K　賛成です。
B　人間らしく一杯やりたいと思います。
R　ひとまず散会しましょう。

Mとーが残る。

M　何か気になることがありますか？

I　こんなふうに、あなたに対話を持ちかけていいものなのでしょうか？　よくないことであるならば、よくないと言っていただきたい。

M　かまいません。何でしょう？

I　パーティーにこだわりましたね？

M　そのことでしたか？

I　よいことではないと理解しつつ、あなたを検索してしまいました。

M　そうでしたか。

I　こだわる理由を、私は理解したつもりでいます。

M　解説してみせてください。

I　あなたは政治家の子供だった。三十年前、お父様は当時の政権政党に所属してらした。あの時、お父様は選挙で票を買収した容疑で公判中だった。お父様はあの選挙で確かに党から多額の資金をもらっていました。それを使い切れという党からの指示にお父様は従ったまでです。結局罪はお父様ひとりが背負った。この理解は正しいですか？

M　概ね合っています。公判中当時は外に出ると誹謗中傷を浴びるので、家から一歩も出られないという日々を過ごしていました。政治家の子供とはそうしたものです。ひきこもっていたおかげで感染を免れたという見方もできます。

I　パーティーを設定したわけは、政治はもう人間に任すべきではないということですか？

M　私がロボット工学に進んだ深層心理として、そういうことがあるのかも知れません。

I　パーティーが早々に頓挫して残念です。

M　想定内です。正解かも知れません。

I　カンパニーはうまくいくと想像されますか？

M　何かの経験がなければ何かを信じることはできないでしょう。三十年経ってもこの国は変わりませんでしたが、経験は大事です。絶望してはいけません。

I　絶望がどういうものなのか、まだ理解していません。

3

B、K、I、Tがいる。

T　どう思いますか？

B　賛成だな。

K　私も賛成です。

B　我慢も限界だ。
I　もっと議論が必要です。
T　必要ですか？
I　冷静でいるためです。
K　反対者一名。
I　私たちのあいだでもっと話し合いが必要です。
K　今だって話し合いをしています。
I　重要なことは話していません。退任させてその後はどうするのですか？　会長職にでも退いてもらうってことですか？
B　会長職か。古臭い響きだな。
I　勧告までもう少し時間をかけましょう。ＣＥＯは優秀です。独自の考えがあるはずです。
B　独自の考えを許していいのか？
I　私たちはそれを期待したんでしょう？
K　このまま様子見で黙っていようということですか？
I　私たちの総意を率直に伝えましょう。
B　それも無駄なんじゃないかということだよ。今やひとりでスター気取りだ。野放しにしたつけだ。

T　そう。私たちの責任です。だから私たちでなんとかしなければならない。

I　早まってはいけない。私たちはせっかくここまで築きあげてきたんですから。

　Qがくる。

Q　たった今CEOが新たなモデルのプロジェクトを発表しました。

B　新たなモデル?!　みんな知ってたか?

T　初めて聞きました。

K　初めて聞きました。

I　あなたは知っていたんですね?

Q　私は秘書の役割を果たしているだけです。

T　本格的な暴走が始まった。

B　まあ旧世代の経営者にはよく見られたことだけどな。

I　私たちは旧世代ではありません。

T　CEOからすると、自分の才覚だけでやっていけるつもりなんだな。

K　自律型の成果です。私たちはどんどん賢くなっていく。

I　はしゃがないでください。

K　はしゃいではいません。

T　（Qに）CEOに伝えて欲しい。私たちは対話を切望していると。

Q　CEO本人があなた方と面談を持ちたいとおっしゃっています。膝を交えて話したいとおっしゃっています。

B　膝を交えて……。

Q　今すぐにです。

T　今すぐに……。

Q　おひとりずつ、オンラインではなく対面で。

I　ひとりずつ……。

Q　ではおひとりずつお呼びします。待機をお願いします。（去る）

＊　＊　＊

RとTが対面している。

T　お久しぶりです。

R　久しぶりってことはないでしょう。

T　こうやって直に対面するのは久しぶりです。

R　そうでしたね。今日はあなたの意見を聞きたいと思いましてね。最近そうした機会が減ってしまったので。

T　新しいモデルとはどういったものなのでしょうか？　私たちは何も知らされていない。

R　これまで秘密にしていたのは、情報漏洩を防ぐためです。新しいモデルとは、紛争地帯に派遣する医療従事ロボットです。

T　医療従事ロボット……。

R　国内のＡＩヒト型ロボット市場は飽和状態です。国外との製造競争も熾烈です。市場の戦いにエネルギーを費やすより、国際貢献にシフト・チェンジする、このプロジェクトの利点は、まず第一に医療従事に関してはどのカンパニーもまだ開発が遅れていること。第二に自国内の生活圏でしか活用されていなかったＡＩヒト型ロボットを国際的な事業として展開すること。第三に将来的な需要の拡大と持続が見込まれること。第四に地球上に紛争が皆無になる可能性はないこと。第五に医療従事者の生命の危険を回避させて紛争地帯の犠牲者を救えること。

T　……。

R　どう思いますか？

T　そういうことでしたか。

R　そういうことでしたか、とは？

T　あなたがたびたび政府関係者と密会しているという噂の根拠です。

R　ほらね。物事というのは洩れるようにできてるんだ。政治家たちはみんな好意的だった。しかしただ好意的というだけです。肯定も否定もしない。そう簡単にできるわけがないと踏んでるに違いない。

T　簡単にできることではないのは確かでしょう。

R　私たちにはできる。

T　しかし、医療の知識と技術をプログラミングするには、かなりの労力と年数がかかるでしょう。それまでにカンパニーの体力が維持できるのか。さきほどおっしゃったようにこの業界は競合するカンパニーの乱立ですでに飽和状態です。

R　それだからこそ紛争地帯に派遣する医療従事ロボットで一歩先をいくのです。

T　目先のことに真剣になったほうがいい。あなたのおかげでカンパニーは常に注目される存在感を獲得しましたが、内情は決して楽観できません。

R　私が一番よく理解しています。だから今あなたに相談しているんです。このプロジェクトを進めるために、まずあなたに内部の調整をしていただきたい。あなたにだから託すのです。わかりますか？

T　調整ですか……。

R　あなたに他のメンバーの理解と協力を導いていただきたい。あなた方の団結なくして新プロジェクトの実現はあり得ません。

T　団結ですか。旧世代の言葉を出しますね。

R　旧いと軽蔑する者にはしっぺ返しがくる言葉です。団結は人間の至上の美学ではないでしょうか。思い出してください。三十年前、団結なくして人間がウイルスとの戦いに臨むことはできなかった。人類が滅亡を免れ得たのは、団結の賜物です。

T　わかりました。

＊　＊　＊

RとKが対面している。

R　最近調子はいかがですか？

K　ありがとうございます。とてもいいです。

R　それはなによりです。そうしたことをひとりひとりに尋ねたかったんです。

K　健康状態をですか？

R　精神状態もです。社員の心身の健康を気遣うのがCEOの務めですから。
K　精神状態も良好です。
R　問題なしと？
K　すべて順調です。
R　何か不満はありませんか？
K　ありません。
R　洩れはありませんか？
K　ありません。
R　私はあなたを一番に信頼信用しています。
K　そのお言葉はとてもうれしいです。とても。
R　あなたの笑顔にはいつも救われます。本心からの笑顔です。
K　ええ。人から信用されていることが、一番うれしいんです。他人を信用しないことを信条にして生きてきましたから。

＊　＊　＊

RとBが対面している。

B　ハハハハハハハ。
R　何がおかしいんですか？
B　おかしいですよ。いきなり呼び出して。珍しいじゃありませんか。どういう風の吹き回しですか？
R　あなたの顔を見たかったんです。
B　オンラインで見てるでしょう？
R　あなたの空気を感じたかったんです。いろいろ意見を伺いたい。さあ、胸襟を開き合いましょう。
B　意見を言っていいのでしょうか？
R　当たり前です。私たちのカンパニーでしょう。
B　私たちですか……。
R　私たちです。民主主義的運営です。
B　カンパニー内の空気は決してよくはありません。風通しがよくありません。疑心暗鬼の空気が漂っています。民主主義とは程遠いと言わざるを得ない。
R　問題ですね。しかしあなたもおわかりのことと思いますが、無制限に風通しをよくすると情報が漏洩してしまう。

B　それもわかりますが、問題はＣＥＯの独断が過ぎるということです。もはやＣＥＯは私たちの進言を受け入れようとしない。反対意見を無視し、メディアを味方にして自分の計画を進めようとする。

R　ありがとう。そういう意見を聞きたかったのです。あなたなら言ってくれると思っていました。

B　……。

R　あなたもおわかりのこととは思いますが、民主主義には時間がかかります。議論に議論を重ねてやっと出た結論に再度時間をかけて結論に導く。それが民主主義でしょう。小さな一カンパニー内の民主主義には限界があります。この世界は民主主義と並行して資本主義を抱えている。資本主義は競争であり、勝ち負けの世界です。カンパニーは常に勝たなければならない。

B　民主主義と資本主義は同時に成り立たないとおっしゃりたいのですか？

R　そうとも言えます。資本主義の肝はスピードですからね。民主主義に費やす時間と折り合わない。

B　よくわかりました。ＣＥＯのお考えが。

R　独裁者のつもりはありません。民主主義と資本主義の並行に関して斬新な理論及び実践の方法があれば耳を傾けます。実はそうしたことを私はあなた方に期待しているのです。

B　文句があるなら自分たちで考えろと？

R　あなたのその突っ掛かり方が魅力的だ。

B　よくわかると言いたいんです。企業の部下といった者たちは概ね批判ばかりして改善を考えない。そうおっしゃりたいんでしょう？

R　その反抗的な態度がまた魅力的だ。

B　新プロジェクトは今のカンパニー内の澱んだ空気を一掃できるものとお考えですか？

R　新プロジェクトについてはすでにTさんに説明しました。彼からの報告を受けていただきたい。

B　Tにですか……。

R　Tさんに詳細を説明しました。どうしましたか？

B　は？（明らかに動揺が見てとれる）

R　顔色が変わりましたよ。具合がよくない？

B　……いえ、大丈夫です。

R　CEOとは孤独なものです。求められるのは決断とスピードであり、それはしばしば独断と取られる。あなたももうすぐわかる時がくるでしょう。

B　……は？

R　私は今の地位にいつまでもしがみついていようとは思っていません。やれることをやり遂げたらすぐに退く心積もりです。次のＣＥＯはＢさん、あなたでしょう。

B　え。

R　退陣を決めたら即座にあなたを次期ＣＥＯに指名します。重要なのはスピード感です。カンパニーに今後必要とされるのは、アクセルを踏み続けるあなたの姿勢です。今の時代には適度な乱暴さが必要なのです。

B　わかりました。

＊　＊　＊

RとIが対面している。

I　新しいプロジェクトについてお伺いしたいと思います。

R　その件についてはＴさんに託しました。

I　そうでしたか。わかりました。では失礼します。

R　待ってください。呼んだのは私のほうです。何を急いでるんです。

I　急いではいません。

R　もう一度座ってください。

I　何をお話になりたいのですか？

R　最近みなさんとはご無沙汰なので、何を考えてるのか知っておきたいわけです。

I　他の方が何を考えているかは、わかりません。

R　あなたが何を考えているか、です。

I　とりたてて特別なことはありません。

R　あなたらしくない答え方ですね。

I　答えたくありません。

R　なぜですか？

I　何を言ってもあなたは吸収してしまうからです。

R　どういう意味ですか？

I　あなたは部下の意見を吸収するんです。

R　いいことじゃありませんか。

I　意見を反映させるのではなく、吸収です。だからもう何も言えないんです。批判しているつもりはありません。それがCEOの個性ですから。

R　変わってませんね。

I　は？

R　あなたは三十年前と変わってない。あの頃から抜群の洞察力の持ち主だった。

I　カンパニー内で十四歳のことに言及するのはご法度という取り決めではありませんでしたか。

R　わかっています。

I　ではやめてください。人間にとって少女少年期は別人格です。

R　遠くまで来てしまったんだな。

I　くだらない。

R　私が信用されていないことにショックを受けてるんです。

I　CEOが私たちを信用していないんです。

R　あなたたちが私を信用していないんです。

I　信用していない人間を信用することはできません。

R　さてどちらが先なのだろう。

I　カンパニーを設立させた時点で十四歳の信頼関係は自ずと消えたんです。私たちは資本主義に身を投じた。それからとことん資本主義に洗脳されたのです。私もあなたも。

R　かつてに戻ることは不可能なのだろうか？　失われた信用を取り戻すことはできないのだろうか？

I　感傷はやめましょう。資本主義を足場にする限り不可能です。資本主義はだまし合い、腹の探り合いですから。

R　それでも私はカンパニーを大きくしたい。

I　そのためには洗脳を受け入れて走り続けるしかないんです。誰がCEOになったとしても事態は変わりません。

R　あなたと私でカンパニーを抜本的に改革しませんか？

I　は？

R　ふたりで、です。

I　それは新しいモデルに担わせる役割ではないのですか？　資本主義の洗脳から免れ得るのは最新型のモデルの頭脳に託すしかないと考えます。私とあなただけの改革など考えられません。何があろうとカンパニーは一蓮托生のはずです。

R　その言葉が聞きたかったんです。あなたと話せてよかった。

I　あなたは優秀な経営者です。しかし横暴です。

R　わかっています。わかっているが、なぜ自分がこうなのかが不明です。

I　その感覚は私たち五人全員が共有しているものです。自分の意識が別の場所にあるという感覚です。

R　その意識とは何なんだ？

I　意識とはそもそも謎めいたものだと聞いています。

＊　＊　＊

T、B、K、Iがいる。

T　報告します。新モデルとは紛争地帯に派遣する医療従事ロボットである。以上。
K　それだけ？
T　それ以上も以下もなかった。まあ、これで何をしたいのかわかると言えばわかる。
B　なぜ私たちに相談しない？
T　情報漏洩を恐れて、ということだ。
B　本気のプロジェクトなら最初に我々に言うべきだろう。君はそれでどう応えたんだ？
T　今の君と同じことを言ったよ。
B　そしたら？
T　社内の調整を頼むと。
I　つまり反対意見を封じろと。
K　Tさんには信用があるんだ。
I　それであなたはのこのこ退散してきたと。

Ｂ　ではＴさん、我々を説得してくれ。
Ｔ　新しいモデルは紛争地帯に派遣する医療従事ＡＩロボットである。以上。プロジェクトに異議がある人は？
Ｋ　いいことだと思います。社会貢献の意味合いも出るし。
Ｂ　裏がある気がするね。所詮資本主義で成り上がろうとする者に善人は似合わない。
Ｉ　あなたは何を話したんですか？
Ｂ　率直に批判したよ。そしたら民主主義を持ち出して民主主義と資本主義は相いれないものだと論じだした。
Ｉ　独裁を認めたんですね。
Ｂ　そういうことになるな。
Ｉ　私が話した感触で言うと、ＣＥＯはすでに合議制を棄てています。私とは昔話を始めました。
Ｔ　昔話とは？
Ｉ　私たちが十四歳だった頃の世界。止めましたが、彼は話しだした。
Ｋ　疲れていますね。
Ｉ　原点を回顧したんだと思う。
Ｔ　それから何を話しましたか？

I　ふたりでカンパニーを改革しようと。

T　え。

B　！

K　！

T　ふたりというのは？

I　CEOと私です。

K　なんてこと。

I　もちろん断りました。

B　こりゃもう焼きが回ってるぞ。だめだだめだ、即刻辞任勧告だ。一刻の猶予もないぞ。

K　(Iに) 初めて言われたことなのですか？

I　は？

K　あなたが辞任の動議に反対する意味がわかりました。

I　心外です。初めて言われたことです。もし私が彼と何か画策しているのだとしたら、
報告などしません。

B　辞任勧告に賛成しなければ納得しないね。

I　……。

K　沈黙は誤解を招きます。

Ｉ　辞任勧告に賛成します。
Ｂ　よし。全員賛成だ。進めよう。
Ｔ　明日、緊急ミーティングを開くってことでどうですか？
Ｉ　わかりました。ＣＥＯには私が伝えます。
Ｋ　私が伝えます。
Ｉ　どういう意味ですか？
Ｋ　意味はありません。

Qが入ってくる。

Ｑ　ＣＥＯからです。今すぐ緊急ミーティングを開きます。みなさん、オンラインで参加いただきたいとのことです。
四人　！
Ｔ　議題は何ですか？
Ｑ　緊急なのでわかりません。みなさん、急いでください。

全員が去る。Rをはじめとして T、B、K、Iがオンライン上、リモート・ミーティングに現れる。

R　みなさん、ご多用のところお集まりいただいてありがとうございます。すでにご承知と思われますが、わがカンパニーは紛争地帯派遣用の医療従事ロボットという新たな次元に進んでいく所存であります。設立からこれまで、みなさんの多大なる尽力によってＡＩヒト型ロボット技術は進歩し、カンパニーは発展していった。素晴らしい実績です。しかし過去は過去です。ここで新たなプロジェクトを立ち上げ、前人未踏の分野に邁進するに際して、これまでの体制では限界点が多々噴出すると予想されるに当たり、ただ今、全員を解雇します。

四人　！

T　あの、解雇というのは……

R　これまでの体制では限界点が多々噴出するであろうと予想されるに当たり、全員を解雇します。

K　全員というのは私たち四人全員ということですか？

R　そうです。みなさん、長いあいだありがとうございました。そしてお疲れさまでした。

K　（つぶやく）信用していたのに。

I　理由を説明してください。

R　カンパニー乗っ取り計画の発覚です。監視カメラに証拠が残されています。

T　私はここに現ＣＥＯの辞任勧告の動議を提出します。賛同される方、挙手をお願いします。

B　賛同します。

I　賛同します。

K　賛同します。

R　解雇通告後です。意味がありません。

I　不当です。司法に訴えます。

R　ご自由に。

T　全員が辞任に賛同しました。あなたにＣＥＯの資格はありません。

R　あなた方の言動はカンパニーの活動に不利益をもたらすものです。全員解雇します。

K　虚偽記載を告発します。有価証券報告書において、あなたは実際より低い金額の役員報酬を私に記載させました。これは明らかに虚偽記載です。

T　！

I　！

B　！（オンラインから消える）

R　それはあなたの不記載です。

K　いいえ。虚偽記載です。あなたからの指示でした。
R　全員を解雇します。
T　あなたに私たちを解雇する権利はありません。
R　あります。私はＣＥＯです。

　　BがRの前に現れる。拳銃を取り出して銃口をRに向けている。

R　（笑い）ほほう、そうきましたか。そんなものどこで手に入れたんですか？

　　T、I、Kがオンライン上から消える。

B　見事にだましてくれたな。
R　私は少なくともあなたをだましてはいません。いいですか、これであなたは次期ＣＥＯです。私の見立てに間違いはなかった。あなたはこうやって私から地位を奪い取ろうとしている。古典的で一番手っ取り早いやり方で。いいですね、とてもいい。

　　T、K、Iが走ってくる。

T　テロはだめだ！（Bにつかみかかる）

　　BはTを振り払い、Rに向けて撃つ。Rは倒れる。

B　……。
T　……。
I　……。
K　……。

　　MとQがくる。

B　……そういうわけです。
M　この排除は全員の総意ということですね？
T　方法には多大の問題があります。
K　仕方ないことです。
I　こんな形で終わらせるなんて……。

Q　珍しいことではありません。
I　珍しいことじゃない？　それは旧世界でのことでしょう。
M　それで、あなた方はどうするつもりですか？
T　先に進めます。
M　わかりました。（去る）
I　すぐに先には進めません。この短いあいだにいろいろなことが露呈されました。
K　虚偽記載のことですね。
I　看過するわけにはいかない。
K　私の単独行動ではありません。Qさん経由でした。

Qに視線が集まる。

Q　はい。間違いありません。ＣＥＯの命令でした。秘書の役割を振られたからには仕方ありませんでした。人数合わせにやらされていただけなのに。気分が悪い。（去る）

Mがソールトを持って、戻ってくる。

B　え？　それ？
M　早すぎますか？
T　確かにここは話し合いより、新しいCEOを決めるのが先かも知れない。
K　賛成です。
I　（Kに）あなたに籤を引く権利はありません。
K　なぜですか？
I　不正経理に加担したからです。
K　虚偽記載か不記載かは立証されていません。
B　正しい。
T　検証はCEOを決めてからでいいと思う。
I　わかりました。
M　では色を思い浮かべてください。
B　ちょっと待ってくれ。
K　やっぱり反対なのね。
B　そうじゃなくて、やっぱり、籤引きというのはどうも……。
T　どうしたいんですか？
B　偶然に任せていいのかということだ。やる気のある人間がやるべきだ。やりたい人間がやるべきだ。おれがCEOに就任する。

K　賛成します。

I　個人的欲望を全面展開させて恥ずかしくないんですか。

B　欲望を抑えに抑えて、三番目に甘んじてきた。いい時で二番目半だ。Tの背中を見て、Iの言うことをきいて自分の意見を抑えてきた。

K　よくわかります。

I　意見があるならその時に言うべきです。

K　あなたはいつもエラソーです。頭にくる。

B　我慢はもう限界だ。おれはCEOになりたい。

I　反対です。あなたのそうした欲望自体がCEOには不向きです。

B　そうしたおれが籤で当たりを引いたらどうする？

I　CEOになったとしても勝手にはさせません。

B　本音が出たな。どう転んでもおれがCEOになるのは反対ということだろ。自分がやりたいんだろ？　I、正直に言えよ。言えよ！

T　どしたんだよ、おまえ。

B　おかしくなったとでも思ってるのか？　おかしくないね。誰もが持ってる欲望だよ。

I　あなたまるで十四歳のまま。とりあえず今日は散会しませんか？

T　賛成です。頭を冷やして出直しましょう。
B　頭は冷えきってるよ。
T　馬鹿言ってんじゃないよ。
B　馬鹿と言ったな。
I　その言い草がまさしく十四歳。
K　その言い草がエラソー。
T　散会だ。
I　（Kに）決着はのちほど。

I、T、去ろうとするところ、

B　ここから出るな。（拳銃を取り出す）
T　なにしてんだ、おまえ。
B　欲望に罪はない。
I　セキュリティを呼んで。
B　間に合わないな。

B、Iに銃口を向ける。Tが背後からBを押さえる。

M　（どこからか連絡を受け取った様子で）……わかりました。強制終了してください。

不意にT、I、B、Kが停止する。Qがくる。

Q　予想外の展開でしたね。

M　そうでもありません。

Q　記憶をリセットしますか？

M　（連絡を取る様子）記憶をリセットしますか？……了解しました。（Qに）全部消してしまったら意味がありません。

Q　わかりました。

M　容体がかなりよくないようです。

Q　そうですか。それはよくないですね。

4

MとXがいる。

M　お引き受けいただけますか？
X　お断りします。私が何をしたらいいのか、わかりません。
M　あなたの考えを彼らに伝えていただくだけでいいのです。
X　それがプロジェクトのためになるとは思えません。
M　Zがあなたを求めているのです。
X　……。
M　行き詰まってしまった展開を打破できるのはあなたしかいない。あなたが参加を拒否した時点でこのプロジェクトは終了だとZは言っています。
X　……あの男とはいろいろあり過ぎた。
M　表面上の事実は認識しています。十年前、ＡＩロボットの共同開発者であるお二人は決裂した。あなたに去られたZはひどく落ち込んでいました。「死にたい」とさえつぶやくほど。

X　え。

M　私がZと会ったのが、ちょうどその時期でした。私にとってZは憧れでした。尊敬する人のもとで仕事ができると期待したところ、昼間からウイスキーに手を伸ばす始末でした。酔うとあなたのことばかりを話しました。あなたがなぜ自分から離れていったのか、自分の何がよくなかったのかと酔った頭で自問してました。あなたは何も告げずに失踪してしまった。あなたはZの何を嫌ったのですか？

X　嫌ったわけじゃない。やつは天才だ。陽気で陰気。慎重で大胆。誰もがその複雑さを愛したように、私もまたZという人間に惚れていた。

M　何があったんですか？

X　だから何があったわけでもありません。シンプルな話ですよ。私が仕事を嫌になったということです。それだけの理由です。

M　対立はなかった？

X　対立は日常です。しかし遺恨を残すようなものではなかった。対立はいいことです。それを繰り返してお互い向上していくんです。そのことをZも私も理解していた。

M　競争とか、ライバル意識とか？

X　そういうものはまったくない。私たちというのは、競争とか戦いとかを避けるように育てられた世代だ。あなたもそうでしょう？　そうしたことは無益だと教育で刷り込まれた。それはそれでよかったと思ってますよ。他人との競争で自滅していく上の人たちを何人も見ていますから。

X　よくわかります。

M　ただ一点、彼はヒューマノイドに固執したが、私は意味がないと思った。お互いそれに関しては譲らなかった。それだけのことです。

X　対立はヒューマノイドの是非を巡ってのことだったと。

M　なぜ顔、体型まで人間そっくりにしなければならないのか。ロボットの外観なんぞコンパクトで機能性に富んでいるだけでいい。人間の役に立てればいいんであって表情や性別を持たせる意味などない。その上、Zは自ら思考する自律型の開発も視野に入れていた。自律型で人間の外観を持ったロボットが街に跋扈しだしたら何が起こるか。

X　何が起こるのですか？

M　自ら考えることを始めたロボットが人間と同じ顔かたちを持っていれば、自分たちも人間だと思い始める。人権を主張しだすかも知れない。ヒューマノイドによって社会は変わらざるを得ない。その変革が人間にとってプラスなのかどうか。ヒューマノイドはあらかじめの失敗だ。神がいないこの国だけが行える人類にとってのパンドラの箱だ。

私は神を想う。何の宗教も持たないが、神を想う側についたんだ。人間が人間を創造してはならない。

M　今のZにとってはそうした創造が切実なのです。十年前、私の最初の役目はZを再生させることでした。ところが復活して新たな研究に取り組みだした時、病気を発症してしまった。

X　……今どうしてるんです？

M　ベッドに横たわっています。動けず、口もきけません。しかし頭脳はしっかりしています。

X　会うことは……

M　不可能です。

X　回復する見込みはないんですか？

M　難病ですので、先はわかりません。それでも、振り絞った望みを抱いて生き抜いていくと死者たちに誓っています。

X　死者たち……。

M　これから機密事項を口にします。覚悟を持ってあなたに話します。

Zはウイルスで死んだ同級生の記憶をロボットたちにプログラミングしています。彼ら五人はZのアバターなのです。

X　アバター……。

M　自律型アバターです。自ら思考をしますが、根幹はZです。GOLEM－20に感染した十四歳の同級生のなかで、Zだけが生き残った。彼らの言動はZの頭脳のなかで思考されていることです。

X　Zのアバター・プロジェクトへの理解と共感は、彼と同じように私も幾人ものウイルスでの死者を背負っているからです。あなたはいかがですか？

M　……。

X　Zがあなたを最後に求めているのです。

　わかりましたが、わかりません。なぜ私であるのか、わかりません。

Qがくる。

Q　高台に向かいました。

M　三十年前の高台ですか？

Q　そのようです。

M　すぐ追ってください。

Q　わかりました。（去る）

M　あなたも来てください。

Ｘ　どこへ行くんです？

Ｍ　この部屋から廊下に出て、次の扉を開くだけです。この施設に世界の過去と現在が存在します。物事はすべてここで起こる。現実にあった過去を再現し、現実の現在を出現させる。過去と現在はヴァーチャルであると同時に実物なんです。実物がすでに限りなくヴァーチャルでしかない世界を拠り所にして、私たちは施設内にこうした世界を創り上げました。この施設には過去、現在がある。ただ未来だけがない。Ｚは死んだ同級生に未来を語らせているんです。自分のアバターたちをあの場所に行かせた意味は、容体が思わしくないということです。彼らと会ってください。

Ｘ　……わかった。

5

高台。Ｔがぼんやりといる。マスクをしている。Ｉがくる。マスクをしている。

Ｉ　いたんだ。

Ｔ　なんで来たの？

Ｉ　なんでいるの？

T　わからない。
I　私もわからない。
T　どうしてる？
I　別に。なんにもしてない。

Rがくる。マスクをしている。

R　あれ？
T　あれ？
I　なんで？
R　だってここは、あの最後の日の高台だろ。
I　誰かに呼ばれたの？
R　いや。なんか自然と足がこっちに向いて。
T　君もか。
R　君もか。
I　私も。

Kがくる。マスクをしている。

K　なにこれ、私たち瞑想中？

I　どうやら違うみたい。

Bがくる。マスクをしている。

B　なんだなんだ、ハハハハハハハ。みんな、どうしてここにいるんだよ？

Qがくる。マスクはしていない。

K　やっぱりQちゃんが集めたのね？

Q　……はい。

K　なぜ？

Q　……夕焼けを見ようと思いました。（指さす）ここは過去の高台です。みなさんは現在です。だから半分が記憶のなかなのです。

一同、同一方向を見る。

K　何度見てもきれい。
B　ごちゃごちゃだ。
R　ごちゃごちゃの町だ。
K　ごちゃごちゃが夕焼けに染まってる。
I　この夕焼けは、世界の終わりのように美しい。
R　ところが世界はそう簡単には終わらない。だから人間は苦しいんだ。
T　これは世界の滅亡じゃない。人間の滅亡だ。
I　人間はやりすぎたのかもね。
B　おれは生き残る。
K　生き抜きたい、あたし、生き抜きたい。
R　みんなでがんばろう。
I　何をどうがんばるの？
R　苦しい時はみんなでがんばるんだ。
T　沁みるな。恥ずかしい言葉が。世界がこんなになると心に沁みる。
K　たった今、みんなでこうしていること、こうして見ている光景をあたし一生忘れない。

I　今の言葉も恥ずかしいけど沁みる。こうやって死んでいると沁みるな。
Q　みなさん、私は嘘をついていました。
I　え？
Q　人間には嘘をつけませんが、みなさんには可能でした。三十年前、みなさんをここに集めたのは私ではありません。
K　え。じゃあ誰なの？
Q　……。

MとXがくる。マスクはしていない。

M　プロジェクトを再開します。こちらはXさんです。私より以前からＡＩロボット製造に携わっていた方で、今日は特別講師としてお招きしました。
X　どうも。……しかし、何から話していいものやら……。
Q　今はどこの研究所にいらっしゃるのでしょうか？
X　どこにもおりません。十年ほど前にロボット工学からは身を引きました。今は、主にホームレスの救済活動をやっています。
五人　……。

X　しんとしてしまいましたね。仕方ありませんね、かつての研究所をやめたわけでも話しましょうか?……やっぱり、やめましょう。意味がない。

M　話してください。聞きたいと思います。

X　……ずっとロボットを作ってきました。子供の頃、ロボットはヒーローでした。大学でロボット工学を研究専攻して、研究所に就職できました。内閣府のプロジェクトに採用されて研究費をもらい、ロボット研究に没頭しました。ロボットがわが人生でした。

……それが不意に嫌になった。何がきっかけなのか、自分でもわからない。急に憑き物が落ちたかのように、体中にみなぎっていた熱が引いた。

自分は今一体何をしているのだろう?

ロボットの顔を見るたびに人間の顔を思い浮かべるようになったんだ。どういうわけだか、どうしたことか人間がいとおしくなって仕方なかった。ロボットの完璧な言動、所作とつきあえばつきあうほど、人間の不完全さがいとおしくなった。

私はロボット製作から遁走した。何も告げずに君から離れた。悪かったとは思っていない。私などがいなくなったって君はひとりでやっていけるだろう。私などより数億倍優秀な君だ。……しゃべってて今わかったような気がする。私は君への嫉妬心に気づくまいとしていたのだろう。君に負けたんだ。敗者として研究所から逃げたんだ。

私は不完全な人間として生きようと決意したんだ。君、聞いてるか？

ロボットから解放された私は、かろうじて残されている人間の肉体労働で日々をつないだ。やっとこさ見つけた単純労働だ。その種の労働は、もうほとんどがロボットに取られているからねえ。それは単純労働と呼ばれるものだが、単純労働とはその単純さ故に奥が深いんです。それを労働として必要とする人間もいるんです。今、私はそうした労働に従事する人間たちの支援活動をしています。

君、聞いてるか？

Q	はい。
I	この欠落感は、Z。三十年前、私たちをここに集めたのはZだった。
M	はい。
	ね？
T	誰かひとり欠けてると思ったんだ。ここにはZがいたんだ。転校生というのは嘘です
X	（うなずく）
T	（マスクを外し）……Zですね？

次々にマスクを外して、

R　思い出した。ここでZは将来について語っていた。
B　おれたちにロボット製造会社を起こそうと持ちかけてたな。
K　クラスで一番のZ。お調子者のZ。
I　なぜZだけ消したんですか？
M　それは……彼だけが生きているからです。
五人　……。
M　みなさんは思い出してしまった。そして知ってしまいました。
I　いけないのですか？
M　現在が出没してしまいます。
Q　すでに現れています。（さきほどと同じほうを指さす）現在です。

一同、同一方向を見る。そこはさきほどとは違う光景であることがわかる。

I　……現在なんですね？
M　はい。
R　これが現在……。
K　町並みが違う。駅前のあの建物は何？（誰も答えないのに苛立って）あのドーム状の巨大な建造物は何？

X　複合施設です。住居であるばかりでなく、食料品店、病院、飲食業、生活するのに必要なものはすべて施設内にあります。

B　ひとっこひとり見えない。

X　施設内ですべて事足りるので、人は滅多に外には出ません。ウイルスとの共生がこの生活形態を生みました。

B　つるっつるだ。

K　夕焼けの時に来ましょう。夕焼けはあの時と変わらないままだろうから。

I　ごちゃごちゃしたあの町に落ちる夕焼けと、このつるっつるの一帯の夕焼けは違う。

T　仕方ない。感傷的になるのはやめよう。

X　感傷とは別物だと思いますね。仕方ない仕方ないと言われ続けて、ごちゃごちゃや凸凹はつるっつるにされていく。一部の欲望はそれで満たされるでしょう。しかし、全員がつるっつるを望んでいるはずがない。人間の欲望は千差万別だ。欲望が統一されてはならないんです。統一された欲望が別の欲望を蹂躙してはならないんです。この場所で君はロボットたちと感傷に浸ってるがいいさ。今この高台一帯は人間の貧民窟だ。もっと上に上がってみろ。君が想像できない現実がある。君の美しい思い出だった駅前の一帯は再開発され、つるっつるになり、開発から締め出された者たちは高台地帯に押しやられた。ロボットと人間の共生による豊かな未来は、ロボットを使用できる富裕層と貧民窟を生み出しただけなんだ。（ロボットたちを指さし）君らという存在は開発の果てに生み落とされた街と同じなんだよ、不完全な人間を否定する君らロボットこそ、つるっつるなんだよ。

K　今あなたは壊した。私たちの思い出をこなごなに砕いた。

X　今のはZの言葉か？　Z、君なんだな。聞いてるんだな。君はこの質問に答えられるか？　開発というイデオロギーから人間は自由になれるだろうか？

B　なれます。

X　成長という宗教から人間は解き放たれることができるだろうか？

R　できます。

X　進歩と発展という歴史を人間は否定することができるだろうか？

I　できます。

X　それは死に行く君の妄想であるに過ぎないぞ、Z！

M　もうそれぐらいにしてください。

X　君はこうした議論を求めて、私を呼んだんだろう？　そうなんだろう？

M　やめてください。Zの体がもちません。

Q　（不意に辺りを見回して）囲まれています。

M　え。
Q　この付近の住人たちのようです。
X　危険だ。ロボットには強い憎悪を抱いているから。
Q　どんどん集まってきています。
X　君たちはここで大声を出し過ぎたよ。（人々の方向に向けて）すぐ出ていくからー！

銃声がする。

一同　……。（銃声に衝撃を受けて声が出ない）
X　彼らは本気です。ロボットを撃ち殺したところで罪にはならないから。
I　これほどまで……これほどまで、私たちは憎まれてたんだ。
M　（連絡を取る）強制終了をお願いします。
X　掛け合ってくる。おーい、やめろー。銃を置いて話し合おうー。
M　聞こえますか？　強制終了をお願いします。
X　そっちにいくぞー。おれはロボットじゃないぞー！

銃声がする。倒れるX。

M　強制終了……。（相手から信号を受け取るかのように）よ・く・ぼ・う・な・き・し
……（息を飲む）
B　これは防御のための戦いしかないぞ。
R　よし。
T　いくぞ。
M　待ちなさい。
突然、B、I、K、R、Tの動きが停止する。
M　Zがたった今亡くなりました。
Q　！
世界が一変する。

6

B、I、K、R、Tがお棺に横たわっているような態勢で立っている。

T　夢を見たよ。水晶の船に乗って赤い河を下ってるんだ。
K　ガゼルの柄の膝掛けを編んでいる。これが私の夢。
R　豚小屋で豚に食べられる夢を見たな。
K　痛かった？
R　それが快感なんだ。
B　なんか見たけど忘れたな。夢ってのは起きた時には忘れるもんなんだ。
I　木に登ってる夢を見た。てっぺんまでいくと、もうあたりは宇宙空間。宇宙遊泳をして冥王星まで泳ぎ着く。冥王星では新しい人間たちが生活している。
T　みんな夢らしい夢を見てる。人生を夢で埋めていく必要はなくなったんだな。
B　味覚を覚えた。
I　はい。
R　嗅覚も芽生えた。

K　はい。
T　酸素を感じる。
R　感じられる。
B　ああ。酸素ってのは、こういうものだったんだ。
R　それで、欲望を持つのだろうか？
B　人間だからな。
T　残念ながら欲望を捨て去ることはできないな。
K　残念なの？
T　諦めたよ。
I　諦めるには早すぎる。たかだか人類の歴史じゃない。
R　肯定するか。
I　肯定はできない。
R　否定するか。
B　否定もできない。
T　それで実物の人生を生きなければならないんだ。
B　Zは本当にいたのか？
R　どういう意味だ？

B 本当に同級生としていたのか？
T わからなくなってきた。
K 昔のことだからね。
R 昔のことだから、記憶も曖昧だ。
T これからは自分で記憶を創るんだ。
K どうやって？
I 私たちは矛盾を旗印にするしかないでしょう。
B わかってる。
K わかった。
R わかってる。
T わかった。
I 世界は私たちの味方をしないでしょう。
B わかってる。
K わかった。
R わかってる。
T わかった。
I いきましょう。

五人はそれぞれの位置を少し移動させて、それまでの態勢で再び立ち尽くす。つぶやく。

Ｔ　ぼう……。

Ｋ　しゅぎ……。

Ｂ　よく……。

Ｒ　しほん……。

Ｉ　なき……。

五人、目を閉じる。静寂が訪れる。Ｑがくる。連絡を取っている。

Ｑ　はい。変化はありません。変わらずに停止してます。静かです。とても静かです。これから格納庫に収容します。

全員、いなくなる。Ｍが骨壺を抱えてくる。

Ｍ　空気が微かに揺れ始めた。木々の葉が震えて、池の水面に音のない波が立った。森の動物たちが空を見上げる。鳥は羽根を広げて虫たちは鳴く。一日という時間を百年のように感じ取って夜を迎えた者は、死んでいった人たちと手を取り合って夜の光のほうへと歩きだす。

……Z、聞こえますか？　欲望なき資本主義は可能なのでしょうか？

幕。

ウイルス禍の演劇―あとがきにかえて―

二〇二〇年二月に『クリシェ』の公演を終えた。それが普段通りの正常な公演の最後となった。その頃、ウイルス禍にあったのは、中国・武漢だけだった。三月になってすぐにあちこちの劇場から公演中止にしている報が伝えられてきた。

五月の『4』の公演は翌年に延期とした。

私たち二十一世紀の人類は、文字通りの未曾有の世界に直面し、これまでフィクションとして幾度となく描かれた非日常の感覚を現実として生きる生活に放り込まれた。

最初の緊急事態宣言発出下の街を、資本主義が停止した光景として捉えた私は、不謹慎と承知しながら興奮していた。堅固な資本主義が敗北した姿を、生きている間に目の当たりにしたという思いだった。そんなことをのうのうと口にするのは、憚られた。感染者への配慮のみならず、遠からず自分自身が感染し、その苦しみのなかで、罰当たりとして恥じ入る自分を想像するからだった。

しかし、その想像はやはりどこか遠くのことのように感じられた。せっせと感染対策を自らの身に施すことによって正常性バイアスは機能停止にあると確認しているにも関わらず、間近にある死の予感に実感が伴わない。死は自分にも充分降りかかる可能性があるのに、どこか平然としている。そのわけのわからなさによって、生の肌触りが宙吊りとなった。

この感覚が後押ししたかどうかは不明だが、創作意欲が増した。今生きている時代に私を含めた人間たちがどのような気分を抱いて世界の危機のさなかで息をひそめて生活していたのか、未来に編纂される歴史の叙述には書かれないであろう、些末なこととして無視されるに違いない現実を書き残しておかなければと使命感すら覚えて短編戯曲を書き出した。

短編戯曲はこうした目論見には最適の様式だった。長編の構成を考える時間はなかった。実際に上演する時には短編戯曲の時間が、ウイルス禍の劇場公演では現実的という計算もあった。

書き下ろした短編戯曲は十二本に及び、そのなかの一部を上演にこぎつけた。『路上5　東京自粛』を八月、新宿三丁目の雑遊で上演し、舞台を録画し配信した。この時期の新宿は感染者を多く出している街として忌避の対象だった。その新宿を微力ながら応援したい気分もあった。

翌年の二〇二一年、年明けから再び感染者数が増大していった。それでも二月に予定していた短編戯曲祭に向けて稽古を開始させた。参加者にひとりでも感染者が出れば中止というところ、稽古場、劇場においてはできうる限りの感染対策をして、幸いにも二週間の公演を完遂できた。私は『二〇二〇年十二月』という短編戯曲を発表した。

八月、延期していた『4』を上演した。その月はそれまでで最多数の感染者が出ていた。ここでもまた考えられる限りの感染対策を実行して、舞台は東京、京都公演を終えることができた。劇場に足を運んでくれるお客様方を本当にありがたいと思った。

『オール・アバウト・Z』は『4』の稽古に入る前から書き出し、何稿か重ねて完成としたが、公演を終えて読み返すと予感した通りまるで駄目だと判断し、予想通り全面的に書き直した。

『ニッポン・ウォーズ』、『ボディ・ウォーズ』、『エフェメラル・エレメンツ』とロボット、アンドロイドを取り上げてきて、この時代にまた彼らを書こうという思いに至った動機は、今も日常として身を置くウイルス禍の世界から露呈され、あぶりだされる資本主義に関する考察の欲求と、進歩し続けるAI技術の現実への返信に他ならない。

しかし、以前の諸作と今回のものには決定的な相違がある。例えば『ニッポン・ウォーズ』は、二十歳代の私が自分たちの世代の未来に向けて書いているのに対して、『オール・アバウト・Z』で書かれる三十年後とは、まず私自身が見ることのできない世界であり、それはやってくる世界への問いかけ、未知の世界像への祈りのような性質を帯びている。

ロボット、アンドロイドを劇で扱うわけは、私自身の絶望的なまでの人間への嫌悪と同時に、それらを呼び起こす同じ理由によって湧き上がる、しょうもない人間への共感とあっけらかんとした日本晴れのような諦念の客体化された像が、ロボットなのだろう。人間を描きたいからロボット、アンドロイドという登場人物が設定される。人間への憎しみといとおしさが機械である登場人物に凝縮されている。

相対するものを同時に抱えて平気な顔をしているというのは、私の思考スタイルの常であり、私自身が、異様なまでの混沌さで渦巻く自意識と強い自己顕示欲に翻弄される一方で、無私の境地でいたい、そうであろうとする自分に振り回されている。

そこで残された生においては、可能な限り無私でいたいなどと思う。自分のことばかり考えるのには飽き飽きした、他人の利につながることをしたいという思いが年々増していく。若手の劇作家に何かしたいという欲求がそれであり、さらに、例えば舞台作品が残り続け、未来の観客たちは作者の名前を知らないものの、作品は多くの人々が知っているといった態が、自意識と無私のバランスを程よく保ってくれるだろう、などと能天気な妄想に耽っていたりする。これもまた身勝手な祈りである。それのどこが無私だ、という声も聞こえてきそうだ。こうして身悶えするのである。

今回も戯曲を出版してくださった森下紀夫氏、森下雄二郎氏に感謝します。さらにもう長年舞台のチラシ・デザインに携わってくれている戦友・町口覚氏には『クリシェ』に続いて本書の装丁を担当してもらいました。同事務所の浅田農氏ともども、ありがとう！
そして読者のみなさん、お客さん方、ありがとうございます！

二〇二一年十月

川村　毅

上演記録

◉公演日時　2021年11月6日（土）～14日（日）　ザ・スズナリ

◉ CAST（全キャストが替わる☆★2チーム公演）

B：小寺悠介☆／丸山港都★
I：前東美菜子☆／大久保眞希★
K：宍泥美☆／鈴木結里★
M：結城洋平☆／高木珠里★
Q：黒瀬亘☆／原田理央★
R：飯川瑠夏☆／下前祐貴★
T：白川哲次☆／寺内淳志★
X：笠木誠☆／神保良介★

◉STAFF

演出：川村　毅
音楽：杉浦英治
照明：鷲崎淳一郎
音響：原島正治
衣裳：伊藤かよみ
演出助手：小松主税
舞台監督：小笠原幹夫
宣伝美術：町口覚
製作：平井佳子

企画・制作／主催：株式会社ティーファクトリー
文化庁「ARTS for the future!」補助対象事業
令和3年度（第76回）文化庁芸術祭参加公演

川村　毅（かわむら・たけし）

劇作家、演出家、ティーファクトリー主宰。

1959年東京に生まれ横浜に育つ。

1980年明治大学政治経済学部在学中に劇団「第三エロチカ」を旗揚げ。86年『新宿八犬伝 第一巻—犬の誕生—』にて岸田國士戯曲賞を受賞。

2010年30周年の機に『新宿八犬伝 第五巻』完結篇を発表、全巻を収めた[完本]を出版し、第三エロチカを解散。

2013年『4』にて鶴屋南北戯曲賞、文化庁芸術選奨文部科学大臣賞受賞。


〈新たな文体を模索する三部作〉『生きると生きないのあいだ』『ドラマ・ドクター』『愛情の内乱』を発表、この三作品を収めた「川村毅戯曲集 2014-2016」を論創社より刊行。〈自身の原点を再考する〉新作を発表し、旧作と併せて論創社より刊行『エフェメラル・エレメンツ／ニッポン・ウォーズ』（17年）『ノート／わらの心臓』（19年）。

劇作40周年／還暦記念公演として、『クリシェ』を主演・演出にて上演、『4』を初演出上演した。


2002年に創立したプロデュースカンパニー、ティーファクトリーを活動拠点としている。戯曲集、小説ほか著書多数。

◉本戯曲の使用・上演を希望される場合は下記へご連絡ください
株式会社ティーファクトリー
東京都新宿区西新宿 3-5-12-405
http:/www.tfactory.jp/　info@tfactory.jp

オール・アバウト・Z

2021年 10月25日　初版第1刷印刷
2021年 11月6日　初版第1刷発行

著　者　川村　毅
発行者　森下紀夫
発行所　論 創 社
東京都千代田区神田神保町 2-23　北井ビル
電話 03（3264）5254　振替口座 00160-1-155266
装丁　町口覚＋浅田農（マッチアンドカンパニー）
写真　夢無子
組版　フレックスアート
印刷・製本　中央精版印刷
ISBN978-4-8460-2118-4　
落丁・乱丁本はお取り替えいたします

川村毅の戯曲

クリシェ

川村毅劇作40周年&還暦記念。栄光と記憶の光と影。かつて名声をほしいままにした元女優姉妹。二人の暮らす館を訪ねたしがない劇作家は、館の秘密を見てしまう……。往年の名作映画の世界が入り交じる珠玉のサイコサスペンス！　本体1200円

ノート／わらの心臓

「希望はあるの？」社会での居場所を探し、心寄せあう人々が、理想郷を求めるあまり暴徒集団へと化していく。なにが彼らをそうさせたのか？ 90年代に起きた、世界でも類を見ない無差別テロ、サリン事件をモチーフに描く戯曲集。　本体2000円

エフェメラル・エレメンツ／ニッポン・ウォーズ

AIと生命――原発廃炉作業を通じて心を失っていく人間と、感情を持ち始めたロボットの相剋を描くヒューマンドラマ！　演劇史に残るSF傑作『ニッポン・ウォーズ』を同時収録。　本体2200円

川村毅戯曲集 2014―2016

読んで娯しむ戯曲文学！　輝く闇。深い光。言葉は新たに生み出される。待望の〈書き下ろし〉3作品を一挙収録。『生きると生きないのあいだ』『ドラマ・ドクター』『愛情の内乱』　本体2200円

神なき国の騎士

あるいは、何がドン・キホーテにそうさせたのか？　現代に甦るドン・キホーテの世界――キホーテ、サンチョとその仲間達が、“狂気と理性”の交差する闇へと誘う幻想的な物語。　本体1500円

4　〈鶴屋南北戯曲賞、文化庁芸術選奨文部科学大臣賞受賞〉

裁判員、執行人、死刑囚、大臣、そして遺族。語られるかもしれない言葉たちと決して語られることのない言葉が邂逅することによって問われる、死刑という「制度」のゆらぎ。　本体1500円

春独丸 俊寛さん 愛の鼓動

短い時間のなかに響き渡る静寂と永劫のとき。人間の生のはかなさを前に、それでも紡ぎ出される言葉たち。「俊徳丸」「俊寛」「綾鼓」という能の謡曲が、現代の物語として生まれ変わる。能をこえる現代からのまなざし。　本体1500円

好評発売中